지나가다

황금알 시인선 75

지나가다

초판인쇄일 | 2013년 8월 19일
초판발행일 | 2013년 8월 31일

지은이 | 김생수
펴낸곳 | 도서출판 황금알
펴낸이 | 金永馥
선정위원 | 마종기 · 유안진 · 이수익 · 문인수
주 간 | 김영탁
편집실장 | 조경숙
표지디자인 | 칼라박스
주 소 | 110-510 서울시 종로구 동숭동 201-14 청기와빌라2차 104호
물류센타(직송 · 반품) | 100-272 서울시 중구 필동2가 124-6 1F
전 화 | 02)2275-9171
팩 스 | 02)2275-9172
이메일 | tibet21@hanmail.net
홈페이지 | http://goldegg21.com
출판등록 | 2003년 03월 26일(제300-2003-230호)

ⓒ2013 김생수 & Gold Egg Publishing Company Printed in Korea

값 8,000원

ISBN 978-89-97318-52-0-03810

지나가다

김생수 시집

황금알

아직도 나는
누가 나를 시인이라 부르면 저어하다

몸에 짊어진 것
마음에 짊어진 것
영혼에 짊어진 것
아직도 내려놓지 못하고
욕망은 잔꾀로 꿈틀거린다

구슬이 서 말이라도 꿰어야 보배라기에
시집을 낸다
우리르면 원귀들로 옹싱거리는 세상
다독이는 한 점 이슬방울이었으면

목숨에, 생애에 번쩍이는 것들
애써 움켜쥐지 않고
세상에 찍는 발자국 멈출 때까지
그저 시와 함께 동무할 수 있다면
그로 족하겠다

차 례

1부

2부

3부

1부

비의 자리

비가
목탁소리와 염불 사이로 내린다
선과 악의 사이
생성과 소멸 사이로 내린다

무엇을 예감하고 있는지
마치 그것이 인연의 전부인 양
기쁨과 슬픔 사이
상처와 통증 사이로 내린다

생각이 자라난 추녀 끝에서는
보리밭 출렁이는 하모니카 기타 소리,
생각난 듯 가슴을 치고 가는 풍경소리

비가 내린다
살과 뼈들 사이로
살아 있다고 내린다

생각하는 갈대의 생각

단추도, 단추 구멍도 생각한다
옷도 생각이 있다
쥐와 고양이들뿐 아니라
꽃과 벌 나비뿐 아니라
이슬도 생각한다
풀잎도 생각이 있다
돌이 돌의 생각을 안 하면 돌이 아니다
물이 물의 생각을 안 하면 흐르지 못하리라
불도 제 생각을 하고 있기에 활활 타오르는 것이다
사람이 사람의 생각을 안 하면 사람이 아니듯
개도 개의 생각을 안 하면 개가 아니다

단추는 누가 끼워 주기를 기다리며 생각하고
옷은 누군가 입어 주기를 기다리며 생각하고
돌은 놓일 곳을 생각하며 구르고
구름도 흘러갈 곳을 찾아 생각한다

비도 다 생각이 있어 증발했다 내리고
눈도 다 생각이 있어 흰빛을 가진 것이다

비가 생각 없이 내리면 대지가 저리 푸른 시를 쓰겠는가
눈이 생각 없이 내리면 광야에 청춘이 펄펄 날리겠는가

소주병도 다 생각이 있다
막걸리병도 속이 꽉 찬 생각이 있다
보라, 한세상 환장할 생각으로 저리 히죽거리지 않는가

꽃이 꽃의 생각을 안 하고 딴생각을 하면 꽃이 아니고
나무가 나무의 생각을 안 하고 딴생각을 하면 나무가
아니듯
삼라만상이 제 생각을 안 하고 딴생각을 하면 종말이
리라

아주 오래전에 바람조차도 다 생각이 있어
그쪽, 갈대밭으로 불어 갔으리라

돌

그것은 준엄한 침묵
웅장한 우주의 고요
말 없음으로 오히려 많은 것 일깨우는
갈매기도 잠든 밤바다의 등대불빛

고무줄 새총에서 떠난
나의 작고 고운 유년의 돌은
우주로 날아가 별이 되었다

나는 듣는다 말 없는 세계의
별빛 이야기를
등대불빛 이야기를

봄, 서정

봄이 오면
누구나 설레이는 기대 하나쯤 가져도 좋으리라
지금은 색깔조차 누렇게 바랜
그 봄에 서성이던 그리움들을 켜들고
아지랑이 감실거리는 들판이나
봄볕의 애무에 황홀이 취한 강변에 나가
저물도록 누군가를 기다려도 좋으리라

회한이 더께로 앉은 옛 서랍을
두근거리며 열면
기다렸다는 듯 안겨오는 초록빛 이야기들
촉촉이 젖은 얼굴 한 장 한 장 꽃바람에 널며
세상에 있는 사람
세상에 없는 사람
하염없이 불러봐도 좋으리라

봄이오면
누구나 설레는 편지 한 통을 들고
오래 잊었던 창문을 두드려도 좋으리라

지나가다

대숲에 휘날리는 눈발
검은 머리도 흰머리도 지나가다
꽃잎도 낙엽도 언덕도 벌판도
달밤도 별밤도 지나가다
모든 지나간 것들이
처음부터 다시 지나가다

대숲에 몰아치는 눈보라
혜숙이도 금자도 지나가다
모든 형상 있는 것들이
형상 없는 것들이
태어난 것들이 죽은 것들이
처음이 되어 또다시 지나가다

병

술병보다 아픈 병은 없다

술병보다 슬픈 병은 없다

술병보다 딱한 병은 없다

사이다병 간장병 우유병 술병

세상 깊은 병이 술병이다

세상 큰 병이 술병이다

이튿날 두통 속에 깨나 보면 다 안다

술병은 약이 없다 앓아야 낫는다

너무 깊이 앓아 미쳐버리기도

영영 깨어나지 않는 이도 더러 있지만

사이다병 간장병 우유병 술병

술병보다 멋진 병은 없다

술병보다 매력적인 병은 없다

이튿날 두통 속에 후회해 보면 다 안다

오늘, 그 어느 날 1

오솔길 돌아 억새 벌판으로 접어들자
기겁을 하고 꿩들이 솟아올랐다

왼편 상공에 세 마리
오른편 상공에 두 마리
모두 다섯 마리 창공에 날아올랐다

날았다, 날았는가 싶었는데
갑자기 오른편 상공 꿩 한 마리
전깃줄에 모가지가 꼬여 푸드덕! 껑! 껑! 비명을 지르며
꿩 살려! 꿩 살려! 그런다
동무들 불러 가을볕 들꽃 속에 시절 놓고 놀다가
그만 혼비백산 목숨이 경각이다

분분히 날리는 꿩털, 꿩털 같은 나날들,
날을 세운 바람은 억새 숲에 킥킥거리고
다 잃은 청춘의 비늘이 빨주노초파남보 떨어져 날린다

하늘에는 한심한 태양과 무심한 구름,

말을 탄 세월은 이내 적막 속을 달리고
그리운 세상은 다시 외로워졌다

오늘, 그 어느 날 2

갑자기 그 어느 날이었다

뻐꾸기 소리 멎더니 진달래꽃 시들었다
청산을 넘는 구름을 보며
한 호흡 고를 때마다
산수유 꽃잎이 피어났다 졌다
비바람이 불고 눈보라가 쳤다
한 줄기 바람 스치고
한순간 지워질 때마다
금자와 혜숙이가 청보리밭에 술렁였다
아주 잠깐 눈썹 위로 노랑나비가 날았다
아주 순간 언덕 위로 빨간 바지가 지나갔다
하모니카와 기타 소리와 긴긴 밤의 달빛 별빛,
목숨에 반짝이던 것들 모두 사금파리였다

사랑하던 날
그리워하던 날
군대 가던 날
취직하던 날

낭구를 하고 빨래를 삶던
강냉이를 튀기고 두부에 간수를 치던
아버지, 어머니의 나날들,

먼 훗날 그 어느 날이 오늘이었다

치총_{置塚}을 마련하며

아버지
다 떨어진 세월 기워
땔낭구 하던 어릴 적 뒷산에
둥근 집 한 채 누덕누덕 지었습니다

땅 고르며 삽질하던 이웃 아저씨
구멍 숭숭 난 누런 속옷에서
때 절은 옛바람이 휘파람 소릴 냈지만
아버지는 들꽃처럼 웃으며
산등성이 가득 흐르는 가을
햇볕 한 동이 길어
봉긋 솟아오른 우주의 지붕에
마지막 축복인양 넉넉히 뿌려 주었습니다

어디에 멈춰 살까 궁금하던 집이
푸른 벌레처럼 꿈틀거렸습니다

오후 4시, 겨울

지하 2미터, 이불 속에
나의 전 생애가 누워있다
살과 뼈들의 온 침묵,

밖엔 바람이라도 몰려다니는지
눈발이라도 치는지 들창이 글썽거린다

팽이를 돌리고
구슬치기를 하고
얼음을 지치고
연을 날리고
자치기를 하고
새파란 입술의 얼굴들이 선명하구나

오래 외로운 자는 알리라
겨울 해 짧은 햇살이
송송 뚫린 창호문 구멍으로 어슴푸레 들어와
앓아누운 자리에 어떻게 부서져 갔는가를.

박명에 서서 목숨을 살피다

어둠에서 밝음으로 가려는 순간
밝음에서 어둠으로 가려는 순간
감춰진 것들이 드러나려는
드러난 것들이 감춰지려는
나타남과 사라짐
사라짐과 나타남
그 사이, 찰나에
나는 있다

햇살과 꽃잎 사이에
바람과 낙엽 사이에
피어나는 것들과 지는 것들
지는 것들과 피어나는 것들
그 사이, 순간에
나의 목숨은 있다
탄생과 죽음 사이에 삶이 있듯
생성과 소멸 그 찰나의 사이에서
나의 목숨은 나타나네, 투명하네

나는 존재의 모든 사이를 사네
너와 나 사이에 우리가 있듯
사랑과 이별, 슬픔과 기쁨
눈과 바람과 비와 꽃들
그들 사이에서 내 생애도 깊어졌다

비

마루 요강 단지에 떨어지면 거기에 빗소리!

처마 밑 바알간 불알에 떨어지면 거기에 빗소리!

언덕바지 벗어 논 빤스에 떨어지면 거기에 빗소리!

뒤꼍 아버지 기침 소리에 떨어지면 거기에 빗소리!

희뿌연 탁배기 사발에 시나브로 번지는
한 세상 지워지는 빗소리!

보았지, 울타리 호박잎에 구르는 빗방울 하나둘
삼라만상 목숨 노래가 되어
대지는 저리 꽃들을 피워 대는 것을!

가을 예감

귀뚜리가 운다
천상과 지상 사이에서
저승과 이승 사이에서
살과 뼈들 사이에서

이 적막 이 고요

다시 귀뚜리가 운다
말과 말들 사이에서
침묵과 침묵들 사이에서
노래와 노래들 사이에서

저 적막 저 고요

또다시 귀뚜리가 운다
귀뚜리와 또 한 마리의 귀뚜리
적막과 고요
고요와 적막

그 사이

대부분 운명은
우리 목숨이 다 예감하고 있다

밖의 꿈 안의 꿈

눈을 뜨고 다니면서 나는
낮을 보았다

눈을 감고 잠들면서 나는
밤을 보았다

낮과 밤이 눈꺼풀 새에 있었다
눈꺼풀 새에 세상이 있었다

거울 속에 비친 형상 거울에 비춰진 형상
안에서 내다봐도 한세상 밖에서 들여다봐도 한세상인데
밖이 꿈결인가 안이 꿈속인가
안은 저승인가 밖은 이승인가
눈을 뜨고 일어나면 밤이 한낱 꿈결이다
눈을 감고 잠들면은 낮이 한낱 꿈속이다

눈꺼풀 깜짝할 새
세상을 열닫는 검은 눈동자는
귀뚜라미가 일러주는 가을밤이다

집으로 돌아가다

하루해 타던 바람 노을에 부려 놓는다
황량한 터미널, 실오라기 하나 없이 고요하다
그리운 쪽에서 자꾸만 잡아당기는 젖은 길을 꺾으며
이제 그만 바람의 날개를 접는다
세월의 홀씨들이 둥둥 떠다니는 골목길
발길에 노릇노릇 걸리는 바람의 허리를 추스르며
잉어빵을 샀다
수염 안 난 어린 잉어빵!
유년의 사진을 찍으며 흑백의 어둠이 내린다
기다렸다는 듯 분 바르고 화장 끝낸 불빛들이
쌍쌍이 날개를 달고 바람의 거리를 활보한다
나는 봉지에 잉어빵을 얼른 꺼내 먹으며
쿡쿡 쑤셔오는 바람의 통증을 추스른다

어디선가
노을의 셔터를 내리며
슬픈 풍경 하나가 저물고
필사적으로 사수하던 바람의 진지마저
기어이 허물어져 내린다

새벽, 눈발 속을 가다

눈발 너머에서 어떤 목소리가 말했다

나그네 가는 목숨의 길에
한마음 붙일 좋은 곳은
그대 있는 바로 여기다
한 몸 뛰놀 좋은 시절 또한
바로 지금 이 순간이다

눈발 너머에서 어떤 목소리가 또 말했다

살며 사랑하며
괴로움이거나 슬픔이서나
외로움이거나 고독이거나
너무 깊이 잠기지 말일이다
기쁨이거나 즐거움이거나
축복이거나 행복이거나
너무 깊이 들지 말일이다

눈발 너머에서 어떤 목소리가 다시 말했다

어제는 지나 갔다
오늘도 지나 간다
내일도 지나 갈 것이다
그리운 날들의 한 날 같이

2부

눈

눈은 그의 노래다
그의 목숨의 악기가 연주하는 음악이다

눈이 생각한다
마음이 아니라
가슴이 아니라
눈이 궁리한다

나의 눈이 너의 눈을 보았을 때
나는 비로소 마음이 생겨나고
가슴을 지니게 된다
눈이 생각한다
봄날의 저 많은 그 눈들처럼

나무의 눈이 새순이라면
꽃의 눈은 향기다
바람의 눈이 허공이라면
돌의 눈은 준엄한 침묵이다
강물의 눈이 흐름이라면

호수의 눈은 푸른 고요다

태풍에 눈이 있듯
모든 존재들엔 눈이 있다
모든 목숨들엔 눈이 있다
이목구비를 하나로 갖춘
내 생애에 꼭 맞는 영혼의 눈이

날아다니는 허기

나오십니다!
키 큰 화부가 중얼거렸다
온데간데없이 사라진 아버지
까맣게 익어 살아온 살과 뼈들은
하얀 가루가 되었다
아, 저 가루들!
들판에서 강변에서 수없이 만나던
마약 같은 햇살들이었다
바람 같기도 풀잎 같기도 한
목숨에 끈적끈적 달라붙던 허기들이었다

현충원 비석에 미끄러지는 햇살을 쓰다듬으며
어머니는 이담에 나도 올게 하였다
어느 날 방으로 날아든 새를 보고 딸애는
새로 이사한 집 한 번 못 와보더니
할아버지가 찾아왔다고 반가워했다

나오십니다!
들판 가득 누런 곡식들을 닮아

목숨의 살과 뼈들을
흙으로 빚어 살던 아버지 생애
세월이 가닿는 눈길에 발길에
눈 부신 햇살이 되었다

돈오頓悟 1
— 경전經典

동학사 뒷산 나무그늘에
새파란 비구니들 짝을 지어
선경에 든 듯 경을 외고 있었습니다

장날
먼지 날리는 한구석에 파뿌리 할머니가
햇살에 반짝이는 목숨을 고르며
한단 미나릿값을 부르고 있었습니다

햇살은 지상에 내려와
미나리냉이 씀바귀 상치서껀
목숨 있는 어디나
푸르디푸른 경문을 새겨 놓습니다

바람 부는 풀잎 절간에서
비구니가 경을 외고 있습니다
할머니가 값을 부르고 있습니다

깜짝 놀란 햇살들이
사람들 속으로 막 달아납니다

돈오頓悟 2
— 바닷가에서

먼바다의 밧줄 같은 목숨도
사람들 가까이 와서는
하얗게 몸을 벗는다

알껍데기처럼
감싸 안는 언저리
탄생의 눈부신 날개 돋칠 때
모두 내주고 깨어지는 자리
산산이 부서지는 자리는 아름답다
세상의 모든 가장자리는 거룩하다

그 눈빛이 거기 있었네

가족, 혹은 이름

소녀가 문을 열고 깡총깡총 뛰며
달겨들듯 외쳤습니다
외숙모!
외삼촌!
저녁밥을 먹는 두련식당,
세월은 비바람 불고 눈보라 치는데
이렇게도 그립고 아름다운 이름이 있었다니요
엄마, 아빠, 오빠, 누나, 언니
잠자리, 메뚜기, 송사리, 물방개, 버들개
어디 아득한 멀리로 떠나지 않고
지상의 숲에 알을 슬며 새끼를 치는
야 – 아! 하고 부르면
폴짝폴짝 뛰어오를 것만 같은 이름의 목숨들이
하나님 같기도
부처님 같기도 하였습니다

안갯속 물오리 떼

둥글게 무리짓는 목숨들은 얼마나 아름다운가

이른 아침 개울 둑에 서서
칠흑 같은 안갯속을 헤쳐나가는 물오리 떼
그 둥근 날갯짓 소리를 들었다

세상에 첫눈 뜨는 소리인 듯
날개 죽지에서 떨어지는
그 낮고 눈부신 생명의 소리가
강물 흘러간 인연들을 끌어당기며
모든 목숨의 길에 기적을 울린다
온갖 목숨의 경계에 꽃을 피운다

어디선가 또
물오리 떼 물 차오르는 소리
그래 가자
어서 가자
사람들 둥근 눈빛 속으로.

새해 첫날

샘밭*
방죽길을 걸어 안갯속을 갔습니다
개울물에 푸득푸득 깃을 치며
물오리떼가 날았습니다
하얗게 핀 서리꽃 사이로
새소리가 들렸습니다.
세상의 안부가 궁금했던지
송아지만 한 노루 한 마리가 나와 눈이 번쩍하더니
첨벙첨벙 개울을 냅다 뛰어 안갯속으로 달렸습니다.
물오리떼, 서리꽃, 새소리, 노루 한 마리
모두들 제자리에 살아 있었습니다.
뜨거운 목숨의 자리에서 어여삐 노래하고 있었습니다.
지상의 숲에 살아있는 것으로 황홀하였습니다.

곧 세상이 밝아오고
사람의 소리 쟁쟁 들려올 것입니다
그 생각이 여간 즐겁지 않습니다
이제 제자리로 돌아갑니다
살아 뜨거운 그 목숨의 내 자리로

* 샘밭: 소양댐 아래 고향 마을

그리고 그다음에는

아스팔트 위 지렁이 한 마리,
궂은비 오는 새벽길을 알몸으로 뒹굴며
어딜 가려는 게냐
무얼 찾으려는 게냐
S자 길로
之자 길로 헤매다 방향을 잡더니
멀고 먼 어둠의 길 위에 온몸을 곧게 펴는구나

뙤약볕 쏟아지는 폭양의 날엔
습한 땅속에
젖은 풀숲에 그 붉은 몸을 웅크려
네 품은 꿈 무엇이었더냐
먹구름 속에 번쩍이는 번갯불이었던가
벌겋게 단 목숨 단칼에 내려칠 벼락이었던가

새벽은 뜻마다 빛을 주어 꽃을 피우는데
새까맣게 굳은 각질의 아스팔트 길을
맨몸뚱이로 끌어안고
도대체 어딜 가려는 게냐!
무얼 찾으려는 게냐!

내 갔지 그 길을 따라

수염발 허연 햇살 속을 갔다
예수천당! 예수천당! 예수 믿고 천당 갑시다!
목쉰 확성기가 낡은 천국을 부려 놓고
멀리 기적처럼 지나갔다
아무도 모르게 혼자 올라간 천국
저렇게 들려지는 걸까
노란 들꽃들이 고개를 돌려
일제히 나를 쳐다보았다
언덕을 내려온 바람은 꽃잎마다 머물러
형형색색의 빛을 풀고 있었고
세상 뜻 가진 빛깔들은 모두 꽃이 되었는데
들꽃과 바람과 햇살 속에
?!?!?!의 발걸음을 옮기면서 나는
자꾸만 지구의 다람쥐 바퀴를 돌렸고
둥근 수레바퀴 길고 긴 인연을 따라
오늘도 선명한 목숨의 자취를 찍었다

요선동要仙洞*

사창 고개 하얀 언덕바지
뽀얀 먼지에 연탄재 널려있는
후배의 화실을 내려와
문화와 예술의 거리
철학과 시의 거리 요선동*
골목을 휘청이며 돌아들면
보름달보다도 둥근 아줌마가
고추장떡을 지져놓고 우리를 반겼네
막걸리 빛 하늘에선
무슨 유년의 손짓인양 그예 눈발이 날렸고
우리는 병태와 영자의 냇물 흘러간 사랑 이야기를
밤새 졸졸거렸네
그런 날 눈발은 새벽까지도 그치지 않아
소양로로 중앙로로 하얗게 얼어 돌아치다
마침내는 중앙통 몽마르뜨 주점에서
동태가 되어 쓰러졌네

* 요선동: 춘천 요선동, 화랑 등이 많음

가을, 잎과 낙엽

자동차 보닛 위에 낙엽 하나 떨어졌다
얼른 떨어내려다 이내 그만두었다
낙엽은 세상의 때가 아니기 때문이다
잎이 사람의 첫눈眼이라면
낙엽은 신神께서 지나간 바람의 자취이다
이 아침 노란 가을 한 점이
혼탁해진 목숨의 마당을 잘 쓸어 놓는다

두련분식집 허기진 문을 두드린다
한 사발 막걸리에 눈곱 떨어진 라면 맛이 일품이다
낙엽 같은 사내 하나
수염에 맺힌 이슬 떨며 들어선다
살아 있어 눈부신 목숨을
자오동 붉은 잎새들이 파르르 떨며 어루만진다
모든 눈물 가진 것들이 생명의 돛을 올린다
바람이 불고 낙엽이 날린다
기쁨 소망 사망, 허연 세월 우수수 지더니
빈 가지마다 목숨의 자취 뚜렷하다.

* 두련분식집 : 충주 예성공원 앞 분식 대폿집

사람의 풍광

파장 무렵 후줄근히 젖는 예성장
흐물거리는 대폿집에 홀로 들어 닻을 내린다
家 꿀꿀대는 돼지 그림 밑에
和 잡풀 같은 사내 둘
萬 곰팡내 퀴퀴한 메뉴판 아래
事 2,000원짜리 칼국수 같은 사내 하나
成 망망세월 항구 없이 떠돌다 표류하는 세월
〈비에 젖어 눈물에 젖어 쓰라린 가슴에〉
스멀스멀 기어 다니는 곰팡내 따라
젓가락 장단이 애절하다
장떡 같은 빗줄기에 덩달아 신명이 난 듯
덩실대는 뽕싹 가릭에 세벽닭 울 듯 뽑아대는
주모의 구성진 가락
나도 허스키한 고향 하늘에
멀고 아득한 은하수 사랑을 풀어 놓았다

꼭꼭 여몄던 고향 자락이 풀린 듯
돼지 밑에 사내 하나가 훌쩍 인다
2,000원짜리 사내도 메주처럼 일그러진다

닳고 닳은 구두 밑창에 떠돈 생이
술잔에 고여 젖고 있는 게지

벌컥벌컥 술사발을 들다 문득
목숨의 창을 열고 내다본
사람의 풍광이 쨍쨍하다

무죄

길을 가다 오줌을 눈다
거기 어린 풀잎이 가만히 맞는다
새들 날아간 자리에 바람은 고요하고
해 뜨고 해지는 모래밭에
어디 무슨 일 있느냐는 듯
강물은 너럭바위에 난 그대로 미끄러진다

햇살의 가지마다 맺혀 꽃피우는
모든 반짝이는 빛들이여
하늘에
땅에
풀빌레 한 마리쪼치도
바람의 숲에 알을 까며
그렇게 아늑하게 안겨있다

빛이 들어 반짝이는 목숨의 골짜기마다
뜨겁게 메아리치는 사람의 노래
새하얀 날개 사뿐사뿐 접으며
햇살 내려앉네
햇살 내려앉네

혼애 魂愛
— 눈물

나는 눈물을 사랑한다
세상에 살아있는
모든 눈물 가진 것들을 사랑한다
가슴에 아름다움이
더는 아름다울 수 없어 맺히게 되는 것이 눈물이다
눈물은 보이는 것이 아니다
감추다 그만 들켜지는 것이다
항아리 뒤에 숨은 눈물
뒷산 깊숙이 바위 뒤에 숨은 눈물
이불 속 깊이깊이 숨은 눈물
남몰래 숨은 눈물이라야 순수에 이른다

눈물은 다만 눈물을 바탕으로 꽃필 뿐
그 무엇도 목적하지 않는다
어느 것 하나 요구하지 않는다
눈물은 땅의 빛 하늘의 빛으로 조화로워
이미 완벽한 하나의 완성이기 때문이다
진정한 눈물은 가슴에서 가슴으로만 흐른다
가슴에서 솟지 않은 눈물은 눈물이 아니다

가슴으로 흐르지 않는 눈물은 눈물이 아니다
목숨 가운데 가장 영롱히 빛나는 것
그것이 눈물이다
나는 눈물을 사랑한다
눈물 가진 모든 목숨들의 생채기를 사랑한다

내 지친 어깨 위에 파랑새로 앉은
당신은 나의 눈물이다

비 내리는 호암지虎岩池*

작은 빗방울 하나에도 아이처럼 젖는다
여린 바람 한 줄기에도 소녀같이 무늬 진다
강변 미루나무 잎에 옛바람 같은
저 끝없는 심연
고요한 눈빛으로 온갖 세월이 고여
세상 모든 사람의 사랑이
목숨 곁에 그윽하다

사는 일 까닭 없이 눈물겨워
살아온 날 만지작이며
살아갈 날 헤아려보다가
무덤같이 눈감아 보면
시시로 바람불고 눈비가 내려 아름다운
여기는 이승
내 목숨의 노래는 아직 끝나지 않았다

* 호암지 : 충주 문화동의 저수지

다시 듣는 사람의 노래
— 화천집*에서

'왜 놀아 아무거라도 해야지'
'그러다 보면 무슨 수가 생기지'
새지 않은 희뿌연 창문에 박쥐처럼 어른거리는 실루엣
둘,
이승인 듯 저승인 듯한 고요의 경계에서
두런두런 사람의 소리가 들려 왔다
눈곱 비빈 대폿잔에 메아리치는 뜨거운 목숨의 노래,
'오늘은 장사가 좀 될라나'
오십 줄 고물장수 리어카꾼 이씨
'일보다 좋고 일보다 기쁜 것은 없네'
겨울 동면에 든 환갑줄 막노동꾼 강씨
야윈 길비뼈 사이에 깊이 앉았던 병
견딜 수 없는 목숨의 통증 가시고 난 새벽,
눈 오는 날 쳐다본 하늘이 막걸리 사발에 가득 담기고
옹기종기 사람들이 둘렀다
한 달에 이틀만 잘 끌어도 풀칠은 할 수 있겠다는 이씨
콜록콜록 한 사발 막걸리에
콩나물국 모락모락 나는 새벽김이
바람 찬 한 데 살과 뼈들에

자비를 베풀고 있다

* 화천집 : 충주 충의동 새벽 주막

3 ^부

샘밭 1
— 설날 성묘길에

사랑말* 뒷산 할아버지 산소에 올라
생각이 깊은 겨울 하늘 우러러 씻어본다
가물가물한 높이에 까마귀 한 마리,
또 무슨 불길한 예고일까
까_악 까_악 까_악
났다 하면 삼초상인 샘밭 장거리,
뚝뚝 떨어지는 먹빛 울음 쥐죽은 듯이 밟으며
골짜기 건너 성묘하는 고향 선배 종대형에게 갔다

오랜만이라야 목숨의 맛이 도는 술잔,
조금 전 까마귀 구성진 가락 너스레 떨며
연중무휴인 홍싸롱*이 왜 문 닫았느냐고
술잔을 부딪치며 물었다
보고 싶은 술꾼 하나 만나볼 수 없었다며
막걸리 대폿잔 니나노 박자로 물었다
오십 줄에도 우스개 몸짓 여전한 선배
입 크게 벌리며 며칠 전 ‘홍싸롱’ 막내며느리가
약을 털어 넣었다는 시늉을 한다

봄 햇살에 백목련같이 동네를 환하게 하던 여자
무슨 몹쓸 세월이 그녀의 극약을 빚어 왔을까
둥글둥글한 우주의 잠들 사이로 옛바람 일며
샘밭 장거리 막걸리 빛 뽀얀 먼지가
넝쿨 뻗쳐 살아온 목숨의 길에 굽이굽이 날린다

* 홍싸롱 : 구멍가게를 겸한 고향 샘밭 대폿집 별칭

숲 거리의 첫날밤

깊은 밤 숲 거리 외딴집,
밖에 뉘 부르는 소리 있는 듯 비 내린다
아득히 그리운 길을 내려온다

앞산 소나무 숲에서 어깨동무하고 내려온 바람
안마당에 뛰노는 소리
황토물 이는 앞 개울에 큰물 나는 소리
멍석 깔린 밤하늘에서
달콤한 별사탕 쏟아내리는 소리
코흘리개 쪼맹이 빗줄기에 앉아 재잘대는 뜨락에
꽃망울 터지는 소리
주머니에 조몰락조몰락 만져지던 꿈의 조각들이
밤새 지줄거리며 숲 거리의 밤을 환히 밝히네

긴 밤 뒤척이던 불면 물결 져 가고
지붕 위에 남아 놀던 몇 방울 빗물마져
낙숫물 되어 떨어지더니
첫날밤 첫새벽의 붉은 문 활짝 열리며
감나무에 앉은 까치 한 마리
오래 닫혔던 목숨의 창을 두드리네

작은 잎 하나

바람 부는 세월에
나부낄 것이 없는 목숨은 위태롭다

새벽, 창밖에 상수리 나뭇잎 하나
허연 바람들과 온갖 세월 풀어
하늘에 우주에 파랗게 뛰어놀고 있다
저 한 점 부끄럼 없는 목숨의 짓들
저렇듯 우리들 목숨에 반짝이는 것은
일상의 작은 이파리들이다

작은 별들이 어둠의 하늘을 곱게 수놓듯이
먼 데 아늑한 별빛들이 깊게 스며들듯이
그대 배경에 보잘것없는 작은 이파리들이
눈부시게 우리 목숨을 반짝이는 것이다
찬란한 깃발로 나부끼게 하는 것이다

바다, 파도소리

잊혀졌다 찾아가도
변함없는 목숨의 짠 비린내
뜨겁게 느껴주는 바다
우주의 어느 밝은 눈 하나가 주장자를 들어
철 − 썩
우렁차게 생의 정수리를 후려친다

천 년의 깊은 묵상을
한결같이 한순간으로 앉아있는 검은 바위
단정한 그의 이마에
푸른 말씀이 출렁일 때마다
사람의 눈부신 노래 꽃잎처럼 흩날린다

흰갈매기 하나가 그걸 쪼아 먹고
먼 바다 쪽으로 훨훨 날아갔다

엄마 햇살

아득히 떠돌다 돌아온 일요일 아침
대폿집 고삐 풀린 니나노 햇살에 앉아
이 목숨 저 목숨 기웃거리다가
언덕 너머에 아득한 징검다리 사랑도
거리에 둥둥 떠가는 늙은 여자의 뒤뜰도
이리저리 살펴보다가
지난겨울 얼어 죽었다던 털북숭이
그의 여름 외투도 입어보다가
그래!
모두들 제 목숨껏 흐느끼다 가는 게지 하다가
추수 끝난 텅 빈 밭에 고구마 이삭 줍던
붉은 햇살 묻어나오는 엄마 생각에
막걸리 두 사발 연거푸 들이키고선
밑도 끝도 없이
지난 '99년 연말에 떠나간 긴 발자국을 따라가면서
가여운 것이!
그 가여운 것이 하였네

천지불인 天地不仁

키 큰 여자가 죽었다
위층에 살던 해오라기 같던 여자가 죽었다
사인은 농약 제초제였다, 잡초 같은 인생
허구한 날 술주정에 눈퉁이는 밤퉁이였지
그래 흙으로 돌아가는 선택으론 제격일 터였다
주정뱅이 남자는 고래고래 방고래가 꺼지도록
소 울음을 냈다
밤이 밤마다 들려오던 승냥이 같은 울음소리
삼라만상은 미동도 없는데
남자는 달포를 곡소리를 냈다

그러던 어느 날
민들레 아장아장 돋아나던 바람 잔 어느 봄날
남자는 새 여자를 들였다
막걸리 주전자를 들고 다시 점방을 드나들었고
구들장 허물어지는 소리도 그쳤다
아침에는 햇살이 꽃잎마다 미끄러져 놀고
술별들은 또다시 술잔에 담겨 반짝거렸다
비쭉거리며 술주전자를 들고가는 남자의 똥짜바리를

처다보다가
　아래층 할머니가 열무를 다듬으며 혀를 몇 번 찼다
　'쯔쯧! 죽은 년만 불쌍허지, 죽은 년만 불쌍혀!'

사람의 그늘

하늘 가는 길
영령도 지쳐 누운 보라매 병원을 나와
저승 같은 포장마차에 홀로 들어 소주를 마신다

식탁에 한 여인은 엎드려 졸고
주방에 한 여인은 그믐 같은 눈꺼풀로
덜그럭거리는 생을 다듬고 있다

한쪽 구석에 핏대 올리며
어지러운 세상 매대기치고 있는
넥타이 둘
질긴 인연인 듯 맞장구치고

석류알처럼 매달려 있는 노란 전등 밑
라면 삶는 사람의 그늘에 잠시 쉬었다 가는
살아 뜨거운 목숨의 불빛들이 꽃잎 같다

세월 사랑 만남 이별 슬픔 운명
그런 이름의 새들이 푸드득 날아오르는

새벽 3시 30분

저 세상 같은 고요에
삼도내 물결소리 찰박찰박 귓전을 울리고
뜨거워지는 눈시울에 생각난 듯
옛 눈발이 희끗희끗 삼박자로 날린다

이 빠진 사기그릇

너의 입술 가장자리 핵심이
나의 입술에 첫 번 닿기 전
너는 주어진 일생을 막 끝내고
주모의 손에서 쓰레기통 속으로
급하게 곤두박질치고 있었지
그 숱한 상심의 가슴 달래주고
한 가락 만가挽歌도 없이 입관하려는 순간
너는 나의 흐릿한 눈에 펄쩍 들어왔어
이 뭉텅 빠진 할미의 웃음처럼
세상 다 알고 스러지는 갈대처럼
나의 취기를 소스라치게 후비고 있었지

그후 우리는 단짝이 되었지
저승새 노래 함께 동무하며
비 젖는 오후나
가슴 붉어지던 밤
눈 내리는 골목 주막에서
너의 달콤한 혀는 깊숙이 스며
저 먼 강 건너 불꽃 이야기를

내 텅 빈 목숨 속으로
콸콸 넘치게 쏟아 부어주곤 했지

잔 들면
사기그릇 이 빠진 틈새로
저녁 불빛 타고 미끄러지듯 놀러 오는 옛동무가 있었고
그날의 또 수많은
이 빠진 그릇들이 쌓여가지

10월

나뭇가지에
어여삐 물들은 자취 하나가
팔~랑
세월의 실체를 드러내자

열반으로 통하는 길 하나
눈부시게 펼쳐진다

환히 열린 그 길을
너도나도
팔~랑 팔~랑
기꺼이 나부껴가는 순응의 몸짓들

알록달록 환호하는 빈 가지에
가을은 금빛살로 풀어지고
눈부신 말씀들이 햇살 속에
곰곰이 곰곰이 반짝인다

백설기

어느 잊혀진 세월의 자취 인가
고향 다녀온 아이들의 보따리를 끄르니
어머니께서 아득한 옛 설을 하얗게 빚어 보냈다

며칠 본 아이들의 눈빛에서 문득
유년의 허기를 읽었을까
고향 언덕에 눈발 같은
어머니 호호백발이 펄펄 날린다

아침 밥상에
어머니 거룩한 세월을 쪄놓고
연기처럼 풀어지는 가난을 다듬으며
어머니 젖가슴 만지작이듯
뽀얗게 젖어드는 그리움들을 솔솔 풀어 먹는다

풀풀 날리는 고향의 눈발
뒤꼍에 장작 패는 아버지 기침 소리
허옇게 날린다

두련분식 집
— 이른 아침에서 늦은 저녁까지

이곳에 오면 인생이 잘 보인다
아주 잘 보인다

생이 안개에 휩싸여 충분히 젖은 날
구렁이 담 걸음으로
어슬렁어슬렁 여기 와 보라
어떤 선율보다도 황홀한
목숨의 가락들을 만날 것이다

이른 아침에 가면
심각하게 턱을 괸 술잔을 앉혀놓고
계절을 초월한 털북숭이 외투가 이슬 묻은 잠을 털며
간밤에 우주에서 따온 별빛 소식도 들려주고

늦은 저녁에 가면
예성공원 자오동 그늘에 맴도는 바람에
허옇게 나부끼며 놀던 흰 수염들과
하얀 침묵의 나라
그 고요한 세월을 마시며

온갖 경계 벗어나 그윽이 취할 수도 있다

보리밥보다도 막걸리 맛이 더 좋은
〈두련분식〉 집
이곳에 오면 목숨이 잘 보인다
아주 잘 보인다.

짝

길을 가다 본
짝 잃은 꼬마 신발 한 짝,
동그마니 고여있는 그것을 물끄러미 바라보다
우러른 구름 트인 하늘에
코흘리개 여름날이 언뜻언뜻하였다

발가숭이 여름날
장마로 불어난 개울에서 미역 감다 잃어버린
신발 한 짝은
떡가루 같은 멍개가 깔리고 개부심도 끝나 물 줄면
징검다리 밑이나 돌 틈 사이
저만치 풀숲에서 보물 찾듯 찾아내곤 하였다

찾은 신발 들고 신이 나 집으로 내달려오면
'산 사람의 것은 멀리 가지 못하니라'
어머니 이르던 말씀
구름 가는 하늘에 뭉클 맺혔다
한쪽 구석에 짝 잃은 저 신발 한 짝도
이 땅에 살아있음에 멀리 가지 못하고

눈뜨고 제 짝을 찾고 있었다

하늘이 땅을 짝으로 하여 마주 살듯
우리 살아 있는 모든 것들은
결코 제 짝을 떠나 멀리 가지 못한다
모든 홀로 된 것들은 짝을 만나
햇빛에 별빛에 살고지고 싶은 것이다

짝 잃은 꼬마 신발에
발가숭이 햇살이 가득하다

새벽, 새소리

나비만 한 먹물빛 어둠이
꿈인 듯 생시인 듯 앉아있는 창문을
물끄러미 뜯어보다 그만
새소리를 발견했다
머리칼을 쭈뼛 세우며
어느 세상 밖인 듯한 노래들이
황홀한 안부로 이불 속에 안겨왔다

죽음 같은 잠들면
깨나고 싶지 않은 밤이 있듯
갑자기 닥친 황홀함에
화석이 되고 싶은 순간이다
허나 새소리는 곧 지워지고
희뿌연 아파트와 하늘은
뚜렷한 혈관을 보인다

오늘도 여린 풀잎에
날 선 바람이 불리라

일광사 日光寺 에서
— 솔숲에 이는 바람 소리

소나무 그늘에서 스님에게 물었다
이 세상 것 같지 않은 뜨거운 선율들은
굽이굽이 누구의 가락입니까?
담배 연기를 내뿜으며 스님이 말했다
하늘에서 부르는
천사들의 노래도 아니지요
스님에게 다시 물었다
저 서리서리 맺힌 절규들은
어느 한恨 많은 넋들의 갈구입니까?
담배꽁초를 밟으며 스님이 다시 말했다
지옥에서 내 뿜는
염라대왕의 숨소리도 아니지요
잠시 후 또 물었다
그럼 일체가 텅 빈 내력인지요?
. . . .
먼데 마을을 바라보던 누렁이가 짖어댔다
천사와 악마의 듀우엣이다!
사람 사는 동네의 그 희한한 아우성 말이다!

된장국

녹슨 펌프는 꾸르륵 꾸르륵 소리가 났다
배고파 오그라든 창자처럼 투덜거렸다
어머니는 바가지 물을 붓고 물을 올렸다
무를 숭숭 썰고 더 넣을 것이 없는 어머니는
멀겋게 된장을 풀어
여름날 웅덩이에 가지고 놀던 흙탕물 같은 국을 끓였다
부엌에 끓이던 가난은 울타리에 뽀얀 연기로 풀어지고
짧은 겨울 햇살 구멍 난 식욕에 기우며
온 식구 밥상에 둘러앉아 된장국을 먹었다
창호지에 비껴드는 노을에 젖어
천국 속에 국물을 떴다
안마당에 땅거미가 내리면
내일 아침 동생들과 밟고 놀 동네 도랑에는
살얼음 어는 즐거운 소리가 들려왔다

예성장*에서
잘 빚어진 메주 빛 얼굴에
함지박만 하게 펑퍼짐한 아줌마가 퍼주는 된장을 사다
삭힌 고추와 무를 숭숭 썰어 넣고

유년의 기억을 솔솔 풀어 된장국을 끓였다
푸근하게 안겨오는 구수한 냄새
어머니 삭이던 가난은 눈시울에 노을로 타고
방안 가득
동화책 같은 아버지 담배 연기가
울타리 저녁연기로 풀어졌다

* 예성장: 충주 예성공원 오일장

가을, 저녁 불빛

시간의 사슬을 끊으며 노란 길을 걷는다
발길에 툭툭 채이는 죽음의 조각들
이승의 거리에 내리는 어둠이 눈부시다
낙엽에 밟히는 기억들이 채 썰리 듯한다
그리운 쪽으로 자꾸만 쏠려가는 어린 풍경들
하얀 바람이 불어와 화석으로 새긴다

골목 한구석 궤짝에 버려진 하루분의 생
소주병 막걸리병 우유팩 라면봉지
어느 한때
사람의 온기가 머물다간 흔적들은
얼마나 뜨거운 목숨의 기록인가
어둠이 내리는 창마다
꽃잎처럼 피어나는 불빛 불빛 불빛

오랜 결심에 뿔이 돋는다
나는 한 마리 낯선 짐승이 되어
허옇게 남은 날들을 들이받을 것이다

그리고 내가 색칠한 바다에 배 띄워
더 먼 곳으로 저어 가 반짝이리라

4부

벌판에서

시나브로 갈잎 날리고
어린 눈발인 듯 나부끼는 억새꽃 결
황량한 벌판 한가운데 버드나무 한 그루
여섯 살 꼬마로 덩그러니 서 있다

하얀 가르마 같은 길을 따라
스산하게 다가오는 먼 데 텅 빈 山
저 준엄한 침묵에 들어
이제 그만 남은 생 감출까 비수를 뽑는다
그때였다!
바람의 우편마차를 타고
옛 도반의 엽서 한 장 황급히 날아든다
' 山에서는 山을 볼 수 없다!'
나는 얼른 붓끝의 기억을 꺼내 급히 답신을 보낸다
'저자에선 저자를 알 수 없지!'

시간의 이마를 짚으며 눈을 들어 하늘을 우러렀다
어둠 깊은 곳일수록 빛은 높고 푸르다
나는 여섯 살 맑은 유년을 데리고

등불 걸린 거리로 내려가기로 한다

사람의 마을에 피고 지는 모든 꽃들이 환하다

옛날의 금잔디

뻐꾸기가 운다
음--메 음--메 하고 운다
뻐꾸기가 운다
개굴개굴하고 운다
뻐꾸기가 운다
뜸북뜸북 하고 운다

열여섯 살 소년은 맥고자를 눌러쓰고
아까시아 꽃향기 따라 징검다리 건너가고,
개울 언덕 미루나무 우듬지께서
바람이 한바탕 뒤집어 놀더니
사랑말* 혜숙이가 빨랫대야 끼고서 냇가로 나온다
징검다리 무릎과 엉덩이 새에서 뻐꾸기가 운다

아까시아 꽃향기 속에 맥고자를 쓴
송아지, 개구리, 뜸북새, 혜숙이가
해종일 봄날을 들려주는
쓸쓸한 마흔의 창가

* 사랑말: 고향 춘천 샘밭 마을

처용가

돈지갑을 잃었다
누군가 필요해서
가져갔겠지!

마누라를 도적 맞았다
누군가
필요한 사람이
가져갔겠지?

차안此岸에서 1

아직 남은 꿈이 있어
나의 입술은 달콤하다
아직 부르지 않은 익명의 사랑 노래와
몇 굽이 흐느끼지 못한 절망이 있어 나는
가시 돋친 햇볕 속을 나비처럼 걷는다
칼과 저울을 들고 있는 건물 앞,
6등성 별이 뜨는 박명의 차안에서
아직 비상하지 못한 푸른 날개와
꿈들이 남아 있어
나의 입술은 황홀하고
나의 손길은 피안의 언덕을 오른다.

차안此岸에서 2

첫새벽 여울물 소리를 들었다
아 ~ 아 ~ 노래를 부르며 여울물이 흘러갔다
개똥밭에 굴러도 이승이 낫다고
자갈밭을 만나면 더더욱 행운이라며
살아 있어 눈부신 탄성을 지르며
여울물이 흘러갔다
뽕! 짝! 뽕! 짝! 노래를 하며 흘러갔다

첫새벽 여울물 소리를 들었다
세상은 신비론 향기로 가득하고
숲이 보이고 나무가 보이고 개울이 보이고
생의 푸른 잎 돋는 기색이 역력했다
활짝 활짝 목숨의 꽃들이 피어났다

목탁소리

새벽이면 문득문득 잠 깨어
세상 앞날 그려보던 시절
열 여남은 살 무렵이었던가요
베갯머리에 성경책 엎디어 읽는데
먼데 앞 산 자락에서
있는 듯 없는 듯 들려오던 그 소리
바람 같기도 풀잎 같기도 하였던 그 소리
문풍지 틈새로 부르르 부르르 떨려오곤 했습니다
점점 선명해지던
풀잎 같기도 바람 같기도 한 그 소리가
이윽고 성경책 위에 떨어지면
그 틈새에서는 또 이상한 목숨의 노래들이
예수님 목소린 듯 부처님 목소린 듯
문풍지처럼 부르르 부르르 떨며
귓전에 쟁쟁하였습니다

행복

내게 가득한 것은
터진 구름 사이로 비치는 햇살이다
풀잎에 앉아 노는
나뭇잎에, 억새숲에 재재발거리는 바람이다
내게 수없이 반짝이는 것은
대추나무 가지 사이로 비치는 별빛이다
달빛이다
내게 가득 넘치는 것은
가슴에 한줄기 강
마른 목숨에 출렁이는 은하수 물결이다

그리운 것들, 참 멀리들 있어 서리도 곱구나
아름다이
더욱 아름다이

세월 보기

시나브로 날리는 눈발 속을
꿈 하나가 걸어갑니다
작은 돌멩이 하나 토닥토닥 발질로 노닐며
무관심의 세월 속을 파릇파릇 갑니다

허옇게 센 검은 지팡이 하나가
은밀히 그 뒤를 따릅니다
눈은 나려 나려 나뭇가지마다
그림 한 점 걸리는데
잠깐이지!
아주 잠깐이야!
눈발 속에 하얀 꿈 하나 자지러집니다

동심당童心堂

안 마당에 방아깨비 한 마리 멀리뛰기하고 있다
그 옆에 어린 까르레기가 까르르 뛰놀고 있다
비 오는 날엔 두꺼비 한 마리가 뒷문에서
어슬렁어슬렁 궂은 목숨을 살피고,
지난 겨울바람 몹시 불던 날
도토리묵 한 점에 막걸리 사발 기울이며
시장통 한구석에
허름한 대폿집 차리는 게 원이라던 민둥머리 여자가
툇마루 눈발 속에 주저앉아
'우리 같이 울어요' 하며 떠나갔다

그리고 그다음엔… 그리고 그다음엔… 그다음엔…하
면서
겨우내 지붕 위로 눈발이 흩날렸다

반추

시에 기름기가 돌고
권태의 때가 끼면 삶은 끝장이다
죽은 옛시인은 소의 되새김질에서
생의 따분함을 읽어냈지만, 보라
해와 달과 별의 빛같이,
냇물과 강물과 바다의 결같이,
수수 모개 위로 나는 고추잠자리와
오억 년 이전을 울어대는 귀뚜리와
아침 이슬에 피어나는 나팔꽃같이,
한결같이 반복되는 술병과 밥숟가락이야말로
얼마나 황홀한가, 아름다운가, 생은 이렇듯
영원을 예견하는 나날로 하여 경이롭고
새로움이란, 햇살같이 무수한 반복으로 하여 빛이리라
햇살 내린다, 평생을 내려도 늘 축복인
형형색색의 빛깔들을 데리고 햇살 내린다
새싹이 돋는다, 꽃봉오리가 맺힌다
산에 들에 살아 죽었던 것들이 부활한다
지나간 것들을 다시 오게 하는
어제였던 것을 다시 오늘이게 하는

시간의 푸른 잎들에 앉아
햇살들이 되새김질하고 있다

하루살이

지전 한 닢 꼬깃꼬깃 찔러 넣고
새벽 주막에 들었습니다
눈곱 덜떨어진 충의동 〈화천집〉, 퇴계 선생 한 분에
탁배기 한 사발과 시래깃국을 내주고
된장 항아리 같은 아줌마가 나팔꽃처럼 웃었습니다
한구석 탁자에선 이슬 젖은 중늙은이들 옛이야기가
이승인 듯, 저승인 듯 도란도란 삼도내 물결입니다
연탄난로 프라이팬에선 임연수 한 마리 노릇노릇 익어
가고
백발과 대머리와 흰 수염의 세상 건너온 노와 삿대들이
반짝이는 강 건너 불빛입니다
창가에 실루엣으로 매달려 있던 박쥐 몇 날아가고
가만히 엿듣고 있던 아침 햇살이 드르륵 문을 엽니다
하얀 얼굴을 들이밀고 동무하자
희뿌연 탁배기 사발에 나비같이 내려앉아
일생—生의 목숨을 빤히 비추어 줍니다.

개울의 전설

발가벗고 물고기 잡고 언덕에 불알 말리던 개울이 있었다
첫째보첫째보첫째보첫째보첫째보첫째보첫째보첫째보첫째보첫째보첫째보
할미새모래모래모래모래모래 송사리 피라미 부러지 개리 모래모래모래모래
할미새종다리모래모래모래 피라미 송사리 붕어 잉어 모래모래모래할미새
모래모래모래모래종다리모래 미꾸라지 버드랑치 다슬기 조약돌큰돌작은돌
큰돌작은돌차돌조약돌차돌흰돌 메기 동자개 우렁이 물총새작은돌차돌조약돌차돌
큰돌작은돌할미꽃조약돌차돌흰돌 누치 뚝지 꺽지 둑중개 작은돌할미꽃차돌조약돌
큰돌작은돌차돌조약돌차돌물총새 버들붕어 떡붕어 버들개 갈대부들줄갈대부들
갈대부들줄물억새창포개여뀌 줄납자루 납지리 모래무지 갈대부들줄물억새줄
갈대부들줄물억새창포개여뀌 매자 여울치 플라나리아 갈대부들줄물억새창포
부레옥잠마름개구리밥물수세미 송장헤엄치개 소금쟁이 부레옥잠마름개구리밥
물수세미물달개비물질경말즘 물장군 물매암이 물자라 물수세미물달개비물질경
물수세미물달개비물질경말즘 돌고기 돌마자 물땅땅이 물수세미물달개비물질경
물수세미물달개비물질경말즘 게아재비 물방개 쌀방개 버들개지버들개지버들개지
개구리밥개구리밥생이가래 똥방개 잠자리애벌레 올챙이 부들창포부들창포부들창포
둘째보둘째보둘째보둘째보둘째보둘째보둘째보둘째보둘째보둘째보둘째보둘째보
모래톱모래톱할미새모래성모래톱모래톱 수수미꾸리 장구애비 떡붕어 모래톱모래톱모래톱
모래톱모래톱모래성모래톱모래톱모래톱 족대로 고기잡는 아이들 붕어말나사말묻이끼해캄
모래톱모래톱모래톱모래성할미새모래톱 멱 감는 아이들 붕어 마름생이가래나사말검정말
돌싸움하는아이들돌싸움하는아이들 입술이 새파란 아이들 쉬리 마름생이가래나사말검정말
명개명해오라기개구리명개명개명개명개명개 새우 참마자 배가사리 검정말나사말물수세미
명개명개명개명개명개명개명개해오라기 열목어 은어 잔가시고기 검정말나사말붕어말
명개명개명개명개명개구리개명명개 퉁가리 참종개 기름종개 물총새검정말나사말붕어말
큰바위작은바위큰바위큰바위 장구벌레 칠성장어 끄리 언덕민들레송아지언덕언덕
큰바위작은바위큰바위큰바위 각시붕어 살치 꾸구리 언덕언덕송아지언덕언덕
큰바위작은바위꼬마물떼새 대농갱이 가시납자루 언덕언덕민들레언덕언덕
갈대부들줄갈대부들줄 자가사리 갈겨니 미유기 꼬마물떼새자갈차돌자갈
개구리밥붕어말검정말 민물두줄망둑 쌀미꾸리 낄룩이자갈차돌자갈차돌
발가벗고 불알 흔들며 내달리던 개울 이젠 전설이 되었다

해 설

사람 사이의 풀꽃 하나, 그 짙은 연민과 사랑

최　준(시인)

1.

　니체를 빌려 말하자면 김생수 시인은 "인간적인, 너무나 인간적인" 사람이다. 세상을 바라보는 시인의 시선은 따스하고, 이 따스함은 지상에 내리는 햇살처럼 편애란 도무지 없다. 공평과 무사는 시인의 트레이드마크다. 누가, 무엇인가가 자신을 좋아하기 전에 자신이 먼저 그를 좋아하고야 만다. 타고난 것인지 후천적인지 알 길 없으나 아무튼 이러한 품성은 시인의 시편들에 고스란히 배어들어 있다. 대상이 사물이든 인간이든 마찬가지다. 무작정 껴안고 보는 따스함은 긍정으로 이어지고, 이 긍정은 볼록렌즈를 투과해 우리들의 잃어버린 마음자리에 한 점 별빛 사랑으로 오롯이 인화된다. 시인은 어둠 속에서도 빛(꿈, 희망)을 찾아내는 더듬이를 지녔다. 시인이 바라보는 세계는 비판과 반목이 아닌 용서와 화해로 출렁거린다. 시인을 만나면 팽팽하게 당겨진 활시위 같은 신경 줄이 느슨해지고, 쉼 없는 전력 질주의 시간으로 가빴던 호흡이 본디의 박자를 찾아 잦아든다.

막걸릿잔을 앞에 놓고 마주앉아 있을 때면 시인의 옆자리엔 늘 기타가 놓여 있다. 기타는 시인의 오랜 애인이다. 몸통은 비록 세월의 주름을 여기저기 새기고 낡아 있지만, 음색만은 예나 지금이나 한결같다. 시인의 어깨에 올라앉아 여전히 함께 노래하고 함께 잠자고 함께 여행길에 오른다. 나는 시인의 시들이 태어나는 마음자리가 대체 어디일까 궁금해하고는 했었는데, 결론은 기타였다. 시인은 기타에게 막걸리를 먹이고, 불콰하게 술이 오른 기타는 시인의 노래를 받아 적는다. 선율의 언어화, 거기에다 사람과 사람의 마음 담아내기. 이게 바로 시인의 시였다. 주인을 닮아 야행성인 시인의 기타는 충북 충주의 '시인의 공원'에 종종 출현하고는 하는데, 기타는 거기서 동료 기타들과 함께 자선공연도 하고 공원 한켠에 있는 '행복한 우동가게'에서 뭇 객들의 지친 일상을 밤늦은 시간까지 위무해 주기도 한다.

부지런과 세상을 살아내는 일은 때로 박자가 잘 들어맞지 않기도 하는 모양이다. 이 부지런한 시인의 삶은 그리 넉넉해 보이지 않건만 정작 본인은 더없이 여유롭기만 하다. 세간의 잇속에서 멀고 주변의 속도보다 조금 더 느리기 때문일지 모른다. 반 도인 같은 소탈하고 환

한 그의 웃음 앞에서 까닭 없이 부끄러워지기가 몇 번이었는지. 시인은 아마도 지금까지에 이르는 삶의 여정에서 많은 것을 내려놓고 온 듯하다. 신봉의 대상이 되어버린 돈과 물질들이며 사회의 외피인 명예와 체면 따위는 다 벗어버리고, 육체 하나와 거기 깃들어 있는 정신만으로 살아가기로 어느 순간부터 작정했던 게 아닌가 여겨진다.

그런 시인의 시들이 씨줄 날줄로 정교하게 엮여 있는 '시집'이라는 이름의 대소쿠리에 대체 무엇이 들어 있을지, 기대감과 호기심으로 그 내부를 기웃거려 보는 노릇이 마냥 즐거웠다. 그러니까 이 글은 비평문이 아닌 감상문의 색깔이 한결 더 짙겠다. 얻어맞아 코피 터지면서도 무작정 돌진하는 미련한 인파이터가 아니라, 잽 한 방 툭 던져놓고는 링 주변으로 꽁무니 빼는 약아빠진 아웃복서의 심정일 이럴 테다. 어쩌면 시인의 시들에 대한 감상이 덧말이나 군말보다 결례에 더 가까울지도 모르겠다는 염려 섞인 자조가 다시, 슬그머니 고개를 치켜든다. 아무려나, 시인의 시집을 누구보다 앞서 읽은 독자로서 한마디 하는 건 시인에 대한 예의이며 시인의 시에 대한 경의가 아니겠느냐고 스스로를 위안 삼는다. 결례가 된다 해도 용서를 구한다.

2.

　명저 『팡세』에서 파스칼은 "인간은 생각하는 갈대"라
했다. 자연인으로서는 더없이 나약한 존재이지만 '생각'
하므로 비로소 강하다는 파스칼의 말은 인간이 실로 강
한 존재라는 것을 문명과 과학으로 실증하고 있는 이 시
대의 한 시인에게서도 들을 수 있다.

　　비도 다 생각이 있어 증발했다 내리고
　　눈도 다 생각이 있어 흰빛을 가진 것이다
　　비가 생각 없이 내리면 대지가 저리 푸른 시를 쓰겠는가
　　눈이 생각 없이 내리면 광야에 청춘이 펄펄 날리겠는가

　　소주병도 다 생각이 있다
　　막걸리병도 속이 꽉 찬 생각이 있다
　　보라, 한세상 환장할 생각으로 저리 히죽거리지 않는가

　　꽃이 꽃의 생각을 안 하고 딴생각을 하면 꽃이 아니고
　　나무가 나무의 생각을 안 하고 딴생각을 하면 나무가 아
　　니듯
　　삼라만상이 제 생각을 안 하고 딴생각을 하면 종말이리라

　　아주 오래전에 바람조차도 다 생각이 있어
　　그쪽, 갈대밭으로 불어 갔으리라
　　　　　　　　　　　　　　　　　　—「생각하는 갈대의 생각」 부분

다윈의 자손답게 김생수 시인도 진화한 것일까? 파스칼의 까마득한 손자뻘인 시인은 파스칼의 "생각"으로부터 한 발짝 더 내딛는다. 이른바 "생각하는 갈대"의 "생각"이다. "생각하는 갈대"는 파스칼이 말한 그대로 우리 인간일 테다. 그러니까 시인은 이 '생각하는 인간'의 "생각"에 대해 쓴다. "비"도 "눈"도 "소주병"도 "막걸리병"도 "꽃"도 "나무"도 다 "생각"이 있다고 쓴다. 파스칼은 오직 인간만이 "생각"할 줄 아는 존재라고 했지만 시인은 그게 아니라고 한다. 꽃도, 나무도, 심지어는 생명이 아닌 눈과 비마저도 저마다 "생각이 있다"고 한다. "삼라만상이 제 생각을 안 하고 딴생각을 하면 종말이"라고까지 단정적으로 말한다. 만물의 존재에 부여하는 저마다의 고유한 가치다. 인정이다. 인간이 '존재'이듯이 만물 또한 '존재' 아닌 것이 없다는 너그러운 관점이다.

시인의 "생각"을 다시 "생각"해보면 오늘날의 인류는 엄청난 오만과 독선에 빠져 있다. "생각하는 갈대"인 인간이 과연 무수한 여타의 존재들에 대해 절대 우위에 있는가 하는 의문이다. 인간이 그들을 지배하고 다스릴만한 자격이 있는 존재인가에 대한 반문이다. 동식물 보호론자들은 인간의 무자비를 비판하고 이를 저지하려고 혼신을 다한다. 그런데, 다시 "생각"해 보자. 과연 우리는 지상의 동식물을 보호할만한 자격이 있는가. 보호라니! 시인의 전언을 따르면 이 또한 오만이며 독선에 지

나지 않는다. 보호라는 것도 기실은 강자가 약자에게 베
푸는 일방적인 여유이거나 아량일 뿐이다. 시인이 말하
는 건 "갈대밭으로 불어"간 태초의 "바람"처럼 우리들 인
간도 저들의 "생각"을 "생각"해야 한다는 것이다. "제 생
각을 안 하고 딴생각을" 하지 말자는 것이다. 간단히 정
리해 보면, 시인의 말은 만물에 대한 동등의식에 다름
아니다. 저들의 "생각"을 해치지도 말고 보호하지도 말
고 다만 인정하기만 하자는 것, 저들의 존재 가치를 인
간과 동등하게 여기자는 것이다.

　김생수 시인의 시는 이 지점에서 출발한다. 이는 시인
이 고집스레 껴안고 가는 긍정성과 따스함의 근원이기
도 하다. 인간을 포함해서 모든 존재는 너나없이 두루
소중하다. 그러니 이들 모두를 껴안고 사랑하지 않을 수
가 없다.

　　아직 남은 꿈이 있어
　　나의 입술은 달콤하다
　　아직 부르지 않은 익명의 사랑 노래와
　　몇 굽이 흐느끼지 못한 절망이 있어 나는
　　가시 돋친 햇볕 속을 나비처럼 걷는다
　　칼과 저울을 들고 있는 건물 앞,
　　6등성 별이 뜨는 박명의 차안에서
　　아직 비상하지 못한 푸른 날개와
　　꿈들이 남아 있어

나의 입술은 황홀하고
나의 손길은 피안의 언덕을 오른다
—「차안此岸에서 1」 전문

"차안此岸"이란 무엇인가. 삶과 죽음이 함께하는 세계를 말한다. 깨쳐서 건너가거나 넘어선 저쪽이 아닌 이쪽, 지금 여기, 희로애락으로 점철된 우리 사는 세상이다. 행복보다 불행이 삶을 지배하고, 화해보다 반목이 길 곳곳에 매설되어 있는 오늘, 우리는 어떤 희망이 있어 이 위태위태한 보행을 끝내 멈추지 않는가. 고집스레 저마다의 항진을 계속하는가. 시인은 이를 "꿈들이 남아 있"기 때문이라고 쓴다. 시인의 꿈이란 곧 "아직 부르지 않은 익명의 사랑 노래"를 언젠가는 부를 수 있겠다는 기대이다. 시인의 "입술은" 이 꿈으로 "달콤하다". 자신만의 꿈을 이루기 위해 "피안의 언덕을 오"르는 시인은 그러나 "절망" 또한 살아 있는 자의 필연임을 알고 있다. 회피나 거부가 아닌 "절망"에의 긍정이다.

"절망"은 현실이라는 화분에서 피어나는 독초와 같다. 자아의 꿈을 이루기가 불가능한 현실과 부딪혔을 때 맞게 되는 아픔이다. 이 "절망"은 그러니까 현실로부터 도피한 자에게서는 좀처럼 발견되지 않을 수밖에 없다. 시인은 현실로부터 등을 돌리려 하지 않는다. 오히려 자신이 처한 현실을 날카롭게 직시하고 있다. "칼"과 "저울"이다. "칼"은 단죄와 절단이고 "저울"은 계량이다. 시인이 인식하고 있는 현실은 칼부림이 난무하고 쉼 없는 저울질로 손익 계산에 여념이 없다. 찬연한 빛을 지닌 1등성이 아닌 "6등성 별"이다. 그럼에도 시인은 자신의 "꿈"에 대한 기대를 포기하지 않는다. 현실에 대한 비판의식으로 투쟁이나 회피의 방식을 취하는 대신에 현실 속에서 "달콤하"고 "황홀"해한다.

자기 긍정이 없으면 세계를 긍정하기도 어렵다. 시인의 자기 긍정은 세계긍정의 출발점이자 궁극이다.

> 시간의 이마를 짚으며 눈을 들어 하늘을 우러렀다
> 어둠 깊은 곳일수록 빛은 높고 푸르다
> 나는 여섯 살 맑은 유년을 데리고
> 등불 걸린 거리로 내려가기로 한다
>
> 사람의 마을에 피고 지는 모든 꽃들이 환하다
>
> —「벌판에서」 부분

그런데, "꿈"을 갖고 "차안의 언덕을 오"르던 시인은 왜 갑자기 "등불 걸린 거리로 내려가기로 한" 것일까. 그것도 세속의 잇속과 명리를 깨친 영악한 자가 아닌 "여섯 살 맑은 유년을 데리고" 말이다. 그 소이를 눈치채기는 어렵지 않다. "등불 걸린 거리"에는 "사람의 마을"이 있기 때문이다. 거기에 "피고 지는 모든 꽃들이" 있기 때문이다. "여섯 살 유년"이 바라보는 "사람의 마을에"서

"피고 지는 모든 꽃들"은 "환하다". 다시 "꿈"이다. 시인의 소망스런 바람은 사람과 사람, 사람과 사물, 사람과 자연 사이에다 순수의 등불 켜든 여섯 살 아이 하나 세워 두는 일이다. 생각해 보자. "어둠 깊은 곳일수록 빛은 높고 푸르다"는 빛나는 인식의 경지에 순수하지 않고서 어찌 도달할 수 있겠는지. "사람의 마을에"서 여섯 살 아이로 살아가고 있는 시인은 다음과 같이 「반추」한다. 여전히 빛이다.

> 해와 달과 별의 빛같이,
> 냇물과 강물과 바다의 결같이,
> 수수 모개 위로 나는 고추잠자리와
> 오억 년 이전을 울어대는 귀뚜리와
> 아침 이슬에 피어나는 나팔꽃같이,
> 한결같이 반복되는 술병과 밥숟가락이야말로
> 얼마나 황홀한가, 아름다운가, 생은 이렇듯
> 영원을 예견하는 나날로 하여 경이롭고
> 새로움이란, 햇살같이 무수한 반복으로 하여 빛이리라
> ─「반추」 부분

위의 시에서 핵심어 하나를 찾는다면 "반복"이 아닐까. 사실 우리 인생은 조금만 더 미시적으로 바라보면 나날이 "반복"의 연속이다. "다람쥐 쳇바퀴 돌 듯"이라는 말이 그래서 생겼겠다. 무너뜨리기 어려운 일상의 견고

한 틀로부터 좀처럼 벗어나지 못하고 갇혀 있다는 수인 의식은 "사람의 마을에"서 살아가는 누구에게나 있다. 현대인은 한결 더 좁은 쳇바퀴에서 돌고 돈다. 삶이 자 신의 현실에 대한 부정으로 전환되기가 아주 쉬운 환경 이다. 시인도 이를 알고 있다. 경험했을 테고, 충분히 인 식했을 테다. 하지만 시인은 이마저도 긍정성으로 받아 들인다. "무수한 반복"이 "빛"이며 이는 곧 "새로움"이라 한다. 매일의 일부가 되는 "술병과 밥숟가락이야말로/ 얼마나 황홀한" 거냐고 반문한다. 둘러보면 사람뿐만이 아니라 모든 실재들은 끊임없는 "반복"을 계속해 왔고, 지금도 마찬가지며 앞으로도 그럴 것이라는 시인의 "예 견"에 동의하지 않을 수 없다. 이 무수한 "반복"에 시간 이 더해지면 "영원을 예견하는" 것도 가능하다. 시인은 이 "반복"이 그래서 "경이롭"다고 말한다. "모든 형상 있 는 것들이/ 형상 없는 것들이/ 태어난 것들이 죽은 것들 이/ 처음이 되어 또다시 지나"(「지나가다」)간다는 "반복" 의식은 절망이 아닌 희망에 닿아 있다. 그리하여 시인은 "먼 훗날 그 어느 날이 오늘이었다"(「갑자기, 그 어느 날 2」) 는 선적인 깨달음에까지 이르게 된다.

3.

   시인에게 있어 "꿈"과 "빛"은 이음동의어다. "빛"으로 반짝이는 존재들은 모두 "꿈"이 있다. 앞으로 돌아가, 시인이 공평과 무사를, 연민과 사랑의 삶을 현실에서 실천할 수 있게 된 이유를 되짚어 보자. 깊이 생각하고 오래 고민할 일도 아니다. 시집 속에 이런 구절이 들어 있다. "나는 존재의 모든 사이를 사네/ 너와 나 사이에 우리가 있듯/ 사랑과 이별, 슬픔과 기쁨/ 눈과 바람과 비와 꽃들/ 그들 사이에서 내 생애도 깊어졌다"(「박명에 서서 목숨을 살피다」)는 고백이다. 여기에 어떤 사족이 더 필요할까? 시인은 "존재의 모든 사이"에서 살아간다. 그렇게 살아가는 "사이"에 "생애도 깊어졌다". 그 깊이가 낳아놓은 자식이 바로 이 시집이다.

　시 한 편 다시 읽으며 앞뒤 없이 부끄러운 발설을 닫자. 글을 쓴 지난밤이 참 오랜만에 「행복」했다.

　　　　내게 가득한 것은
　　　　터진 구름 사이로 비치는 햇살이다
　　　　풀잎에 앉아 노는
　　　　나뭇잎에, 억새숲에 재재발거리는 바람이다
　　　　내게 수없이 반짝이는 것은
　　　　대추나무 가지 사이로 비치는 별빛이다
　　　　달빛이다
　　　　내게 가득 넘치는 것은
　　　　가슴에 한줄기 강
　　　　마른 목숨에 출렁이는 은하수 물결이다

그리운 것들, 참 멀리들 있어 저리도 곱구나
아름다이
더욱 아름다이

—「행복」 전문